Hoopoe Books, PO Box 381069, Cambridge MA 02238-1069

**Visit www.hoopoekids.com
for a complete list of titles,CDs,
DVDs and parent/teacher guides**

First Edition 2000
Spanish English Hardcover Edition 2005
Spanish English Softcover Edition 2005

HOOPOE

Published by Hoopoe Books,
a division of The Institute for the Study of Human Knowledge

The bilingual editions of this Shah tale were made possible
by a grant from the Will J. Reid Foundation

ISBN 1-883536-37-5

The Silly Chicken
Pollo Bobo

Written by
Idries Shah

Illustrated by
Jeff Jackson

Escrito por
Idries Shah

Traducido por
Rita Wirkala

Ilustrado por
Jeff Jackson

ONCE UPON A TIME, in a country far away, there was a town, and in the town there was a chicken, and he was a very silly chicken indeed. He went about saying "Tuck-tuck-tuck, tuck-tuck-tuck, tuck-tuck-tuck." And nobody knew what he meant.

Of course, he didn't mean anything at all, but nobody knew that. They thought that "Tuck-tuck-tuck, tuck-tuck-tuck, tuck-tuck-tuck" must mean something.

HABÍA UNA VEZ, en un país lejano, un pueblo, y en el pueblo había un pollo, y éste era un pollo muy bobo, por cierto. Se paseaba por ahí diciendo "Tac-tac-tac, tac-tac-tac, tac-tac-tac". Y nadie sabía lo que él quería decir.

Por supuesto, él no quería decir nada en absoluto, pero nadie lo sabía. Ellos pensaban que "Tac-tac-tac, tac-tac-tac, tac-tac-tac" debía significar algo.

Now, a very clever man came to the town, and he decided to see if he could find out what the chicken meant by "Tuck-tuck-tuck, tuck-tuck-tuck, tuck-tuck-tuck."

First he tried to learn the chicken's language. He tried, and he tried, and he tried. But all he learned to say was "Tuck-tuck-tuck, tuck-tuck-tuck, tuck-tuck-tuck." Unfortunately, although he sounded just like the chicken, he had no idea what he was saying.

Then he decided to teach the chicken to speak our kind of language. He tried, and he tried, and he tried.

It took him quite a long time, but in the end, the chicken could speak perfectly well, just like you and me.

Bueno, un hombre muy listo llegó al pueblo y decidió ver si podía descubrir lo que el pollo quería decir con su "Tac-tac-tac, tac-tac-tac, tac-tac-tac".

Primero él trató de aprender el lenguaje del pollo. Trató y trató y trató. Pero todo lo que aprendió a decir fue "Tac-tac-tac, tac-tac-tac, tac-tac-tac". Desafortunadamente, aunque sonaba igualito al pollo, él no tenía idea de lo que estaba diciendo.

Entonces decidió enseñarle al pollo a hablar nuestro lenguaje. Él trató y trató y trató.

Le tomó bastante tiempo, pero al fin el pollo pudo hablar perfectamente bien, igual que tú y yo.

After learning to speak as we do, the chicken went into the main street of the town and called out, "The earth is going to swallow us up!" At first the people didn't hear what he was saying because they didn't expect a chicken to be talking human language.

The chicken called out again, "The earth is going to swallow us up!" This time the people heard him, and they began to cry out,

"Good heavens!"

"Good gracious!"

"Dear me!"

"The earth is going to swallow us up!"

"Yes, indeed! The chicken says so!"

Después de aprender a hablar como nosotros, el pollo fue a la calle principal del pueblo y anunció, "¡La tierra nos va a tragar!" Al principio la gente no escuchó lo que él decía, porque no esperaban que un pollo hablara en el lenguaje humano.

El pollo anunció otra vez, "¡La tierra nos va a tragar!" Esta vez la gente lo escuchó, y comenzaron a gritar:

"¡Ay, por Dios!"

"¡Ay, Dios mío!"

"¡Pobre de mí!"

"¡La tierra nos va a tragar!"

"¡Sí, de veras! ¡Lo dice el pollo!"

Thoroughly alarmed, all the people packed up their most precious things and began to run to get away from the earth.

Alarmadísimos, todos empacaron sus posesiones más preciosas y se echaron a correr para alejarse de la tierra.

They ran from one town to another.

Corrieron de un pueblo
para el otro.

They ran through the fields and into
the woods and across the meadows.

Corrieron por los campos y por los bosques y a través de los prados.

They ran up the mountains
and down the mountains.

Corrieron por las montañas,
para arriba y para abajo.

They ran down the world and up
the world and around the world.

Corrieron por abajo del mundo y por
arriba del mundo y alrededor del mundo.

They ran in every possible direction. But they still couldn't get away from the earth.

Corrieron en todas las
direcciones posibles.
Pero aun así no
pudieron alejarse de
la tierra.

Finally they came back to their town. And there was the chicken, just where they had left him before they started running.

"How do you know the earth is going to swallow us up?" they asked the chicken.

"I don't know," said the chicken.

At first the people were astonished, and they said again and again, "You don't know? You don't know? You don't know?"

And they became furious, and they glared sternly at the chicken and spoke in angry voices.

"How could you tell us such a thing?"

"How dare you!"

Finalmente volvieron al pueblo. Y allí estaba el pollo, exactamente donde lo habían dejado antes de comenzar a correr.

"¿Cómo sabes que la tierra nos va a tragar?" le preguntaron al pollo.

"Yo no sé", dijo el pollo.

Primero la gente se quedó muy asombrada, y le dijeron, una y otra vez, "¿No sabes? ¿No sabes? ¿No sabes?"

Y se pusieron furiosos, y miraron al pollo con ojos fulminantes y le dijeron a gritos:

"¿Cómo puedes decirnos tal cosa?"

"¡Cómo te atreves!"

"You made us run from one town to another!"

"You made us run through the fields and into the woods and across the meadows!"

"You made us run up the mountains and down the mountains!"

"¡Nos hiciste correr de un pueblo para el otro!"

"¡Nos hiciste correr por los campos y por los bosques y a través de los prados!"

"¡Nos hiciste correr por las montañas, para arriba y para abajo!"

"You made us run down the world and up the world and around the world!"

"You made us run in every possible direction!"

"And all the while we thought you knew the earth was going to swallow us up!"

"¡Nos hiciste correr por abajo del mundo y por arriba del mundo y alrededor del mundo!"

"¡Nos hiciste correr en todas las direcciones posibles!"

"¡Y todo el tiempo estábamos pensando que tú sabías que la tierra nos iba a tragar!"

The chicken smoothed his feathers and cackled and said, "Well, that just shows how silly you are! Only silly people would listen to a chicken in the first place. You think a chicken knows something just because he can talk?"

At first the people just stared at the chicken, and then they began to laugh. They laughed, and they laughed, and they laughed because they realized how silly they had been, and they found that very funny indeed.

El pollo se alisó las plumas y cacareó y dijo, "Bueno ¡eso demuestra lo bobo que ustedes son! Sólo los bobos escucharían a un pollo, en primer lugar. ¿Ustedes creen que un pollo sabe algo sólo porque puede hablar?"

Primero la gente miró al pollo fijamente, y luego comenzaron a reírse. Se rieron, y se rieron, y se rieron porque se dieron cuenta de lo bobo que habían sido, y esto les pareció muy gracioso, ciertamente.

After that, whenever they wanted to
laugh they would go to the chicken
and say, "Tell us
something to make us laugh."

And the chicken would say, "Cups and
saucers are made out of knives and forks!"

The people would laugh and say,
"Who are you? Who are you?"

And the chicken would reply,
"I am an egg."

The people would laugh at this, too,
because they knew he wasn't an egg, and
they would say, "If you're an egg,
why aren't you yellow?"

Después de esto, cada vez que querían reírse, iban adonde estaba el pollo y decían, "Dinos algo que nos haga reír."

Y el pollo decía, "¡Las tazas y los platillos están hechos de cuchillos y tenedores!"

La gente se reía y le decía:

"¿Quién eres tú? ¿Quién eres tú?"

Y el pollo respondía, "Soy un huevo."

La gente se reía de esto también, porque sabían que él no era un huevo, y le decían, "Si tú eres un huevo, ¿por qué no eres amarillo?"

"I am not yellow," the chicken would reply,
"because I painted myself blue."

The people would laugh at this, too, because
they could see he was not blue at all, and
they would say, "What did
you paint yourself with?"

And the chicken would reply, "With red ink."

And at this they laughed
the hardest of all.

"No soy amarillo", respondía el pollo,
"porque me pinté de azul."

La gente se reía de esto también, porque
podían ver que él no era azul para nada,
y ellos decían, "¿Con qué te pintaste?"

Y el pollo respondía, "Con tinta roja."

Y esto era lo que más los hacía
morir de risa.

And now people everywhere laugh at chickens and never take any notice of what they say — even if they can talk — because, of course, everybody knows that chickens are silly.

And that chicken still goes on and on in that town, in that far-away country, telling people things to make them laugh.

Y ahora la gente en todas partes se ríe de los pollos y nunca hace caso de lo que ellos dicen — aun cuando sepan hablar — porque, claro, todo el mundo sabe que los pollos son bobos.

Y aquel pollo todavía continúa en aquel pueblo de aquel lejano país, diciéndole a la gente cosas que los hacen reír.

Other Books by Idries Shah

For Young Readers

The Farmer's Wife/ La Esposa del Granjero
The Lion Who Saw Himself in the Water/ El León que se Vio en el Agua
The Clever Boy and the Terrible, Dangerous Animal/
El Muchachito Listo y el Terrible y Peligroso Animal

The Old Woman and the Eagle
Neem the Half-Boy
The Boy Without a Name
The Man with Bad Manners
The Magic Horse
World Tales

Literature
The Hundred Tales of Wisdom
A Perfumed Scorpion
Caravan of Dreams
Wisdom of the Idiots
The Magic Monastery
The Dermis Probe

Novel
Kara Kush

Informal Beliefs
Oriental Magic
The Secret Lore of Magic

Humor
The Exploits of the Incomparable Mulla Nasrudin
The Pleasantries of the Incredible Mulla Nasrudin
The Subtleties of the Inimitable Mulla Nasrudin
The World of Nasrudin
Special Illumination

Travel
Destination Mecca

Human Thought
Learning How to Learn
The Elephant in the Dark
Thinkers of the East
Reflections
A Veiled Gazelle
Seeker After Truth

Sufi Studies
The Sufis
The Way of the Sufi
Tales of the Dervishes
The Book of the Book
Neglected Aspects of Sufi Study
The Commanding Self
Knowing How to Know